文芸社セレクション

無効票

伊藤　忠夫S

ITO Tadao S

文芸社

目次

町長選挙の怪

壁の時計が八時を指した。その場にいた全員が大きく息を吸った。大きく伸びをしながら、責任者の横谷は会場を見回した。立会人の自治会長らは高齢のため、少々疲れているようだった。横谷は彼らに深々と頭を下げた。

「ではこれより開票作業に入ります。本日はお忙しいところをわざわざお越し頂き、ありがとうございました」

自治会長らは黙礼を返し、ぽつぽつと会場を離れていった。

A県法良（ほうら）町の町長選挙。といってもほとんど出来レースの様な選挙で、三期務めあげた現職の当選が確実視されていた。そのせいか選挙期間中によく見られる緊張感はなかった。銀色の投票箱がうやうやしく持ち上げられ、その中身が長い机の上にばらまかれた。

「横谷さん」女子職員が一枚の投票用紙を手に横谷の所にやってきた。

「この場合、どうしたらいいんですか?」

「うん?」

投票用紙には、現職でも対立候補でもない、

石井鉄蔵

という名が書かれていた。

横谷は軽く舌打ちした。選挙には時々、白紙だったり立候補者と関係のない名前を記入する有権者がしばしば見られるからだ。中には歴史上の人物の名を書く者もいたりする。ただ、法良町のような地域では選挙がある意味娯楽の役割を果たしているので、そういった有権者は滅多に見られなかった。

「ああ、そういう用紙はね、こっちの別の箱に……」

「横谷さん!」別の職員が走ってきた。

「よ、横谷さん。来て下さい。ここの投票用紙が……みんな……」

「みんな?」

「おかしいんです」

横谷は一旦くわえた煙草を箱に戻して長い机に向かった。二十人ほどの職員が輪になって腕組みしたり頭をかいたりしている。

開かれた投票用紙にはすべて同じ名が記入されていた。

石井鉄蔵　石井鉄蔵　石井鉄蔵……

——どこかで聞いた名だ。

横谷は投票箱を改めた。中は空だった。

「投票時間中に不審者を見なかったか」

「みんな誰かの知り合いで、そんな……」

少ない人口で地域のつながりも強く、よそ者の入り込む余地などない。

「……どの用紙も、同じ筆跡だ。悪質な悪戯ですよ」

「悪戯でこんなに鉛筆で書きますかね。五百枚はありますよ」

横谷は壁の時計を見た。八時半。

——今日は早く帰れると思ったんだがな。全く、面倒なことだ。

思わずため息が出た。

「それにしてもきれいな字よね」女子職員がポツリと言った。

「感心してる場合じゃないぞ」

「あたし、たくさんの書類を急いで処理していると、どうしても字が雑になってくるんです。これだけの枚数に字をくずさない様に書けるのは、習字の先生とか、特殊な職業の人かな、って思うんですけど」会場が一時しんとした。

――習字の先生がそんな悪戯をしてどうするんだ。もっと……この場を混乱させて得をする奴や、何か主張したい奴が犯人だ。やい、石井鉄蔵、お前は何者だ。

横谷は眉間にしわを寄せて必死に記憶を辿った。

――選挙……政治がらみで……石井……鉄……

「あああっ」

余りの大声に、職員が一斉に横谷を見た。横谷は恐ろしいものに出会ったかのように二、三歩後ずさりした。汗びっしょりだ。

「な……鳴田（なるた）先生に、すぐ電話だ」

翌朝

祥子は東京のマンションの一室で簡単な朝食をとりながら、隅々まで新聞に目を通していた。テレビはさっき、全ての局をリモコンで変えた後電源を切ったところだ。

キッチンの棚から幾本かのサプリメントの瓶を取り出し、手の平いっぱいの錠剤を水で流し込んだ。三十歳を超えてから、人一倍健康に気をつけるようになった。皿を洗い終えると寝室に戻り、パソコンのスイッチを入れた。A県の地方新聞のホームページを開く。

――法良町の町長選挙が昨日行なわれた。大方の予想通り現職の小島氏が小川氏を百五十票近くの大差で破り四選

祥子はしばらく画面の前で動かなかったがやがて電源を切り、寝室を出た。

クローゼットの中は派手な振袖と小物、帯などで一杯になっていた。祥子はそのうちの一着を選ぶと、慣れた手付きでバッグに詰め込んだ。

選挙から三日後、飯島直樹は法良町にある実家にいた。普段は急にオフが入

ると飲みにいったり部屋でゴロ寝をして過ごす事が多いのだが、今回はふと思い立って帰省したのだった。もっとも実家でも昼からビールを飲んでごろごろ寝ているので過ごし方に大差はなかった。

「道は混んでいたかい？」飯島の母は洗濯物をたたみながら聞いた。

「いや、全然。新しい道が出来てから、東京から法良町まで一時間で来れたよ」

「鳴田先生のおかげで交通も便利になったねえ。公民館も立派になって。開館式には、岬はるかが来たんだよ」

「へえ、岬はるかが」

久しぶりに聞く名前だ。「週刊スピード」の記者である飯島にとって、恋愛のうわさのひとつも出ない演歌歌手の名は、価値のあるものではなかった。

「直樹、仕事は忙しいのかい？」

「今のところはあんまり……こうやって休みをもらっている位で忙しくないけど、来月衆院選があるだろ。選挙の時は先生方も大変だろうけど、取材する方も風呂に入る暇もない位忙しくなるんだ」

「大変なんだねえ」

「慣れたけどね。そうだ、こないだ町長選あったよね。小島さん圧勝だろ？」

洗濯ものを畳む母親の手が止まった。

「それには違いないんだけどね。……直樹、母さんの字って、おかしい所あるかい？」

「そうは思わないけど、何で？」

「この辺の十時ってもう夜中なのに、井本さんとこの美代ちゃん、ほら、背の高い。あの子が急に電話してきたんだよ」

「電話？」

「美代ちゃん役場に勤めてて、こないだの選挙の委員やってたらしいんだけどね。おばちゃん、ごめん、今開票してるとこなんだけど、おばちゃんの投票用紙に役員の人がコーヒーこぼしちゃって、誰の名前を書いたか判らなくなっちゃったんだって。小の字だけ読めて、おばちゃんの字だってわかったんで、あたし、聞いてみますって言ったの。ほんとはいけない事なんだけど、どっちの名前を書いたか教えて、だって」

「一票でどうなる選挙でもないのに」

「それが、数をちゃんと出さないといけないんだって。そんな大事な事をコーヒーを飲みながらするかねえ。それでいて、この事は誰にも言わないで、だって」

「ふーん」

飯島は興味なさそうに返事をした。が、呼吸が速くなっているのが自分でもわかった。特ダネの匂いがする。帰省してよかった。

石井祥子／岬はるかの回想

選挙から一週間後、祥子は闇の中で自分の名が呼ばれるのを待っていた。もう何回、こうして暗闇で待っただろうか。祥子はこの瞬間が好きだった。十五歳で両親が離婚し、母が家を出た。厳しさを増した父との生活は耐え難いものだった。雑誌でオーディションの広告を見つけて応募し、置き手紙を残して家出した。歌手になる事ができなくても何か仕事をみつけて働こうと思っていた。贅沢できなくてもいい。あの家で父と暮らすよりは。

レコード会社が祥子の深みのある声に着目し、彼女を演歌歌手として売り出すことにした。祥子は今まで演歌に馴染みがなかったが、歌ってみるとポップスよりも自分に合っているらしく、歌いやすいと思った。当時若い演歌歌手は珍しく、デビュー曲は大ヒットした。その後も何度かレコードを出したが余りヒットしなかった。だが地方公演や大物歌手のショーのゲスト出演など、仕事に困ることはなかった。今日は久しぶりにテレビに出演する。スポットライトが、まず司会者を照らし出した。

「それでは、歌っていただきましょう。岬はるかさんです！」

テレビ局を後にした祥子はタクシーの後部座席にその身を沈めた。疲れが心地よかった。

「もしかして、岬はるかさんですか？」

運転手が尋ねた。「はい、そうです」

「着いたら、サインしてもらっても、いいですか？」

「はい、喜んで」

祥子は笑顔で答えた。ファンがいたから、この仕事を続ける事ができた。でももうすぐ辞めないといけなくなるかも、とも思った。

――あんな事をしたんだもの。

祥子が度々テレビに出るようになっても、父も、祥子の知らない誰かと結婚しているはずの母も彼女に連絡を取ろうとはしなかった。祥子自身もこの事を寂しいとは思わなかった。

ある日、祥子がいつもファンレターの返事代わりに出している葉書が「宛先不明」で返ってきた。引っ越しか、悪戯だろうと思っていた時に同じ住所、同じ差出人名で再びファンレターが祥子に届いた。

祥子はあっと声をあげた。

父だった。よく見ると、消印も実家の区のものだった。父が偽名で娘にファンレターを書いていた。どんな顔で書いているのか、見てみたかった。


——いつも応援しています。

はるかさんの歌をきくと元気が出ます。お体に気をつけて。


たった二行に、父の本心が見てとれた。

父からのファンレターは時折思い出したように祥子に届いた。祥子は返事のだせないそれらの手紙を貴重品と一緒に保管し、気が滅入った時などに読み返していた。

その父の写真が、新聞の一面に載った。

鳴田建設大臣の秘書、事故死

鳴田建設大臣の秘書、石井鉄蔵さん（五十八歳）が乗用車にはねられ頭を強く打って死亡。警視庁は乗用車を運転していた会社員、高岡努（三十五歳）を業務上過失致死の疑いで逮捕した。

調べに対し高岡容疑者は「残業明けで居眠りしながら運転していたら、突然人が目の前に現れた。避けることができなかった」と供述しており、警察は事件と事故の両面で調べをすすめる模様だ。石井さんは今日の国会の証人喚問に証人として出席し、鳴田大臣の大手建設会社との癒着について証言する予定だった。

どうやってその日の地方公演を務めたのか、祥子は全く憶えていなかった。

この仕事をしていると親の死に目に会えないと言われているが、他人事だと思っていた。

自分がその石井の娘だとマスコミに公表してなかったことが不幸中の幸いだった。彼らは父が鳴田をかばうためにみずから命を断ったと思っていた。祥子も同じ考えだった。父らしい、と思った。

祥子は数日間、父の事をなるべく考えないようにしていた。仕事の依頼が事務所から入ると、振袖をバッグに詰めて出向いた。

そのため鳴田が大手建設業者に建てさせた地方の公民館の開館式の仕事も、祥子は平然と受けた。

——明日はA県法良町で、十一時入り……。

祥子は予定表をもういちど確認した。

何があっても時間だけは守る。そうして得た信用のおかげで、今までこの業界でやってこれた。列車にしようかタクシーで行こうか迷っていると、急に部屋が寒くなった。

ぴちょん

祥子の頭に、雫が落ちた。上の階で水漏れでもあったのかと見上げると目の前に父の顔があった

「……」

祥子はあまりの事に口も利けないでいた。

ぴちょん

血と涙が混じって、祥子の顔に落ちた。

久しぶりに見る父の顔は眼球が飛び出して歪み、血と泥で汚れていた。祥子は恐る恐る聞いてみた。

「おとう……さん？　覚悟の上で死んだんじゃ……なかったの？」

べちゃべちゃっ

血と脳漿がアブラまみれで降ってきた。

父は無念がっているらしい。

ア……アア……ア

何か言いたいようだ。祥子は父の口を読んだ。

――ショ……ショウコ、ナニカ、シテ……クレ

「何を、何をしてほしいの？」

答える間もなく父の姿は消えていった。

祥子はアブラを浴びたまま、しばらくじっと立っていた。血に染まった髪はあちこちで固まってきていた。

疑う余地はない。父は「消された」のだ。

——どうして今まで出てこなかったんだろう。あるいは、出てこられなかった、とか。

祥子は再び予定表に目を落とした。

今日は父の初七日だった。

「……」祥子の目つきが鋭くなった。

——わかった、お父さん。私なりに「何か」をやってみる。どんな事でもいい。騒ぎを起こして「石井鉄蔵は覚悟の上で死んだんじゃない」ということを大勢の人に知ってもらう。


翌日、祥子は法良町の公民館にいた。少ない人口に不釣り合いなほど広く立派なそれを、小島町長は自慢げに祥子に案内してまわった。岬はるかを開館式に呼ぶ、と言い出したのはこの町長だ。彼は大の演歌ファンだった。

「岬さん、こちらが午後から岬さんに立っていただくステージと客席です。まあ、東京のホールほど大きくはありませんがね」

「私は……このぐらいの広さの方が、観客の皆さんと近くなるので好きですね」

「いや、そうおっしゃっていただけると……わっはっは」彼は上機嫌だった。

空調や照明、音響設備。祥子は、逐一頭の中に叩きこんだ。どうやって騒ぎを起こすか決めてもいない祥子にとって、何が役にたつのかがわからなかった。町長選選管の看板を見て「使えそうだ」と思った時、町長のズボンのポケットからのぞいている物に目がとまった。

「まあ、かわいい」

町長は祥子の視線に気づくと、満面の笑みを浮かべた。

「かわいいでしょう。わが法良町のマスコットで、ホーリーっていうんです。こうやって携帯電話のストラップにつけて売店に置いてるんですが、結構売れましてな。あとで差し上げましょう」

「うれしい。大事にします」

「岬さんに喜んでもらうと、こちらの方がうれしくなってしまいますよ。そうだ、私のホーリーに、サインしていただけますか。私はキーホルダーとして、この公民館の鍵につけているんですよ。ほらね」

「ほんとにかわいい……」

「ね？　ちょっと待ってて下さい。サインペンをもらってきます」

町長は祥子に公民館の鍵をあずけたまま、スキップのような足取りで事務所に入っていった。

願ってもない事だ。祥子は片袖から小さな包みを出した。ロウ粘土の塊を二つ、使い捨てカイロに挟んで持ってきていた。祥子は両面からロウ粘土で鍵を挟み、凹凸をうつしとった。

「お待たせしました」

町長がサインペンを手に戻ってきた。

「ここのところにお願いします。……はい、ありがとうございました。それから、これ」

新しいホーリーのストラップが、祥子に渡された。祥子はそれを目立つように帯留めに挟んでみせた。「似合います？」

「それは、もう」今日は町長にとって最良の日に違いない。

祥子はステージを精一杯務め、客席の町民たちと盛んに握手を交わした。

「岬さん、ぜひまた、法良町にいらして下さい」ステージ後、町長が祥子に言った。

「本当にいい町ですね。今度はプライベートで伺いたいと思います」

祥子は町長と握手しながら言った。その言葉は社交辞令ではなかった。

町長は感激して泣き出さんばかりになっていた。祥子は少し胸が痛んだ。

東京に戻ってから、祥子はプリンターを使って五百枚のニセの投票用紙を印刷した。そして鉛筆で一枚一枚、気持ちを込めて父の名を書きこんだ。何枚書いても字は乱れない。永年のサイン会の賜物だ。夜に合鍵を使って公民館に忍び込み、奥の部屋にあった投票箱に書きためた投票用紙を振り入れた。そして投票箱のふた部分に鉄板を金属テープで留め、正規の投票用紙が出てこないように細工した。出来る事はした。祥子は東京へ急いで戻った。


選挙当日、法良町は大騒ぎになると祥子は思った。ただちに調べられ、逮捕される事も覚悟していた。

だが騒ぎは起きなかった。何らかの措置がとられ、選挙は無事に終わってしまった。祥子が唖然として見つめるパソコンの画面に、一瞬だが父の笑顔が浮かんできたのがせめてもの救いだった。父の死から二週間経っていた。

表だった騒ぎは起きなかったものの、油断はできなかった。鳴田は血眼で投票用紙をすり替えた犯人を捜しているだろう。


「……さん、お客さん、はるかさん。着きましたよ」

タクシーの運転手の声で、祥子は目覚めた。

「やだ、私、いつの間に」

「よくお休みでしたよ。お仕事、お忙しいんですか？」

「そうねえ、今もテレビの収録で、早い時間に入って待ち時間も長かったんで、ちょっと疲れたかもしれません。はい、お代。お釣りは結構です」

「ありがとうございます……あ、すいません。サイン。車の天井に書いてもらえますか」

「え、直接書いちゃっていいんですか？」

「ぜひぜひ。後のお客さんと話題がない時、これは誰のサインだ、って盛り上がるんですよ」

「まあ、そうなんですか」

祥子はマジックを受け取ると、少し苦しい体勢になりながらも天井にサインを書き上げた。

「これでよろしいですか？」

「ええ、ありがとうございます。仲間にも自慢しますよ。お仕事、頑張って下さい」

祥子は笑顔でタクシーを降りた。運転手は最高に気分がよかった。

次の客を乗せるまでは。

車中の変事

「なんだ、このタクシーは。香水くさいぞ。天井に落書きはしてあるし、どうなっとるんだ」細い男を連れた恰幅のいい六十代とみられる男は乗るなりまくしたてた。

「シートに髪の毛まで落ちているぞ」

「ああっ、お客さん。すみません、その髪の毛、いただきます」

「どういう事だ」

運転手は細い男から髪の毛を受け取ると、大事そうにポケットにしまった。

「すみません、お客さんの前に、歌手の岬はるかさんが乗られたんです。天井のは、サインなんです」細い男が、うれしそうに何か言いかけたのを制して、恰幅のいい男は運転手をにらみつけた。

「岬はるかだと？　たいがい、いい年だろ。もう落ち目なんじゃないのか」

「いえ、さっきもテレビの収録だって、お疲れのようでしたよ。結構忙しいみたいですよ」

「ふん」

細い男が口をはさんだ。

「先生、この間、法良町の公民館で開館式があったでしょう。私が代理で祝辞を述べさせていただいた。あの時にショーがあって、岬はるかさんが出演されたんです。綺麗でしたよ。町長の小島さんが大ファンらしくて……」

「佐伯」

「はっ？」

「今、なんと言った」

「岬はるかさんが、法良町の公民館に……」

「来たんだな」

恰幅のいい男はしばらく考えて言った。

「運転手くん」

「……なんですか」

「さっきの髪の毛、五万円で買おう」

「いや、これは……」

「では十万円でどうだ」

「じゅ、十万！」

運転手はタクシーを路肩に停めた。佐伯と呼ばれた男が十万円の現金を運転手に手渡した。代わりに髪の毛を受け取り、白い封筒に入れてビジネスバッグに納めた。

「領収書はどうしましょう」

「出さんでいい」

タクシーは再び走りだした。運転手はミラー越しに、恰幅のいい男の顔をちらちら見た。この男もテレビで見たことがある。思い切って名前を聞いてみようと思い、信号待ちの時に後部座席へ振り返った。

「あの、失礼ですが……」

わああああああああっ

恰幅のいい男は真っ青な顔で飛びのいた。

「お客さん？」

「く、来るな、石井鉄蔵」

石井の死から、三週間が経っていた。

「先生、鳴田先生。タクシーの運転手さんです」鳴田と呼ばれた男は正気に戻った。

「え、運転手？　……あ、いや、なんでもない。……そ、そうだ。それはそうと佐伯、君の息子はそのー……元気かね？」

鳴田は今取り乱した事と全く関係のないことを聞いた。佐伯の長男は素行が余り良くはなく、佐伯もその事を気にしていた。

「息子ですか……まあ、あいかわらず」

「ぶらぶらしとるのかね」

鳴田の顔に血色が戻った。こういう男は人の不幸や心配の種の話などを聞くと、途端に元気になる。

「いや、男の子は元気が一番だ。彼の場合ときどき元気すぎて、私もびっくりさせられる事もあるがな」

「……お恥ずかしいです」

運転手は会話が聞こえないふりをしながら、早く彼らが降りてくれる事をひたすら願っていた。

ようやく鳴田と佐伯がタクシーを降りた。次に乗ってきたのは三十代くらいの、にこやかだが目つきの鋭い男だった。

「運転手さん、足元に塩がまいてあるけど、何かあったの？」

「何かって……建設大臣の、鳴田勇が乗ったんですよ……ああ、いやだいやだ」

最近、鳴田の話をよく聞くな、と後部座席の飯島は思った。

「そんなに嫌な奴だったんだ」

飯島はわざと軽い調子で言った。

「よくあんな奴が大臣になれましたよ。我々には理解できないような行動をとりますしね。鳴田の前に岬はるかさんが乗られたんですけど、あの野郎、はるかさんの事をもうトシだ、落ち目だってさんざん言ってたくせに、お付きの人からあの人、法良町の公民館の開館式に来てましたよって聞いた途端、俺が持ってたはるかさんの髪の毛一本を十万円で買っていったんですよ」

——特ダネのにおいだ。

飯島は思わず座りなおした。

「ファンの行動じゃないよなあ」

「でしょ？　タクシー代だって、領収書ばっちり取って、はるかさんみたいにお釣りなんかくれないですよ。そんな奴が馬鹿にしてた歌手の髪の毛に十万も出すって、ねえ」

何かあるに違いない、とは思うが、それがどんなものかが飯島にも想像がつかない。

運転手は話を続けた。

「それにね、俺、あの野郎の名前を度忘れしてて、信号待ちの時に聞こうとして振り返ったら、野郎なんて言ったと思います。青くなってわあって飛びのいて、来るな、石井鉄蔵、って俺の顔みて言ったんですよ」

飯島は思わず笑顔になった。余りにタイミングのいい石井の死は、しばらくの間格好の週刊誌ネタだったが、だれも鳴田のしっぽをつかめないでいた。その鳴田が石井の亡霊におびえている。

「運転手さん、その辺もう一周してもらえないかな」

飯島は千円札を二枚、財布から抜き出した。

鳴田勇の野望

議員宿舎に戻ってから、鳴田は引き出しを開け、何かをずっと探している。

佐伯は傍らで所在なさそうに鳴田を見ていた。

「あった。佐伯、岬はるかの髪と一緒に、こいつをＤＮＡ鑑定に出してくれ」

佐伯は黄色っぽい何かのかけらの入ったナイロン袋を受け取った。

「先生。これは一体……」

「それか。それはな、石井鉄蔵の爪だ。わかったら早く行け」

「は……はい」

佐伯は急いで部屋を出ていった。

——あの男も便利だが、石井ほど頭は切れない。

駐車場へ走る佐伯を窓から目で追いながら、鳴田は引き出しを閉じた。

爪は、石井が鳴田に汚職の真相を明らかにし、全てを自白するよう説得した時にちぎれたものだった。

――マスコミも感づいてきています。先生、正直におっしゃった方が、国民も……

――石井、関係者に迷惑はかけられんのだよ。国民、国民というがな、彼らだって自分の事しか考えていないじゃないか。信用できる候補より結局は自分の利益につながるような者を選んでいるのではないのか。そこをどけ。

――政治家が、そんな事をおっしゃっては……

石井は思わず、鳴田のベルトに手をかけた。

――離したまえっ

振り払ったはずみで、バックルに引っかかったのだろう。石井の爪が半分えぐれて飛んだ。

石井は左手を押さえてうずくまった。床に血がしたたり落ちる。鳴田は見向きもせずに部屋を出ようとした。

――お行き下さい。私は、全てを話します。

そのひとことが、鳴田にある決断をさせた。

翌日、石井鉄蔵は「交通事故」で死んだ。

マスコミは石井の死に疑問を持ったようだが、たいした証拠も出せず徐々におとなしくなった。鳴田は部屋の隅でみつけた石井の爪のかけらに向かって「さぞ無念だろう、石井。キジも鳴かずば打たれまい、だ。私も優秀な秘書を失って、悲しいよ」と呼びかけ、ふくみ笑いをしながらビニール袋に入れ、引き出しに放りこんだ。


全てが片づいた、と思った時に、法良町の選挙があった。横谷が震える声で電話をかけてきた。

——先生。町長選挙の開票中に、事故が発生しまして。

——事故？　選挙でか。

——投票用紙にみんな、石井鉄蔵って書いてあったんです。

——くだらん。悪質ないやがらせだ。いいか横谷。手分けして、投票者全員に誰に投票したのか聞け。コーヒーでもこぼした事にしておけ。

――今から、ですか。

――小さな町だ。なに、すぐに終わる。それから、職員には厳重に口止めしておけ。

――は……はいっ。

横谷はよく動いてくれたようだ。

翌日には、何事もなかったように小島の四選が決まっていた。

衆院選まであと三週間。

政界が高揚した空気で満たされていく。他の政治家と同様、鳴田も会談やテレビ討論など意欲的にスケジュールをこなしていた。

一歩外に出ればフラッシュを浴び、マイクを突きつけられても笑顔で対応していた。

「大臣、今回も与党の圧勝ですか?」

「いやあ、実際は気が抜けないよ」

「次の内閣では大臣は三役や、首相に、という噂も出ておりますが」

「君、いいかげんな憶測は困るよ」

言いながら困った様子はない。これらの質問は、大体予想がついている。ソツなく答えながら車に乗り込もうとした時、三十代位の男が割り込んできた。

「すみません、週刊スピードの飯島と申します。大臣、私も大臣と同じ法良町の出身なんですけども、こないだの町長選、大変ではなかったですか？」

「君、割り込んできて何だ」

周囲の若手議員が制止しようとしたが、鳴田は眉ひとつ動かさずに答えた。

「いや、無事に小島くんの四選が決まったと聞いているがね。君も法良町かね。いやあ、しばらく帰ってないなあ。今回の選挙でそちらに遊説に行くのが楽しみだよ」

「そうですか。あの、石井……」

言いかけた飯島のみぞおちに激痛が走った。

「失敬。肘があたった。君、大丈夫か」

黒いスーツの男が介抱するふりをして飯島を人だかりの外へつまみ出した。

――やはり無茶だったか。

飯島はおとなしくその場を離れた。

鳴田は黒いスーツの男を見ずに眼鏡を掛けなおした。さっきの男を調べろ、という意味だ。

追い出された飯島は通りがかった雑居ビルのトイレに入り、誰もいない事を確かめてから鏡に向き直ってシャツをまくり上げた。みぞおちの部分に小さな痣が色濃く残っている。プロのボディーガードの仕事の跡だ。鳴田の腹の内も、こんなにどす黒いのか、と苦笑した。

飯島はため息をつきながらトイレを出た。今日は、走りまわった割に収穫がなかった。午前中に過失で石井を轢いたという高岡努の住所を調べて訪ねたが、当然のごとく取材拒否された。

——悪いのは私ですが、もう充分なくらい社会的制裁を受けました。これ以上お話しする事はありません。お願いですから、そっとしておいて下さい。

マスコミの標的になった人なら必ず言うせりふだ。

社に帰ろうかとも思ったが、念のためにあと一カ所訪ねてみることにした。

それは都内の小さな墓地にあった。

石井鉄蔵の墓だった。

石井に身寄りはないはずだったが、掃除がなされて、新しい花が左右に供えられていた。飯島は片方の花を引き抜いてもう一方に詰め、空いた方にスーパーで買ってきた花束を乱暴に挿した。カップの酒と煙草も供え、自分のカップ酒を手に座り込んだ。

「石井さんよお」

飯島は酒の蓋を開けながら呼びかけた。

「手掛かりがないんですよお。あんたの事で調べてはいるんですけど、行き詰まっちゃって。特ダネのにおいがするって思ったんだけどなあ……石井さんの力で何とかなりませんか…なんてね」

疲れていたのだろう。二、三口飲んだだけで、墓の前でそのまま寝てしまった。

遠くで「……承知した」と聞こえたような気がした時、突然、激しい揺れが飯島を襲った。

——地震！

飯島は飛び起きて、墓石のない所まで這っていった。十秒ほどで、地震は収まった。

恐る恐る石井の墓の前に戻ってみると、煙草はそのままだがカップの酒が空になっていた。墓石が数センチずれて、下の台の中が少し見えていた。飯島はその場にへたり込んだ。

——酒は飲むけど、煙草は吸わないのか。

石井鉄蔵が死んで四週間後の出来事だった。

巡る陰謀

七日後、祥子はふと思いたって父の墓参りに出かけた。サングラスをかけて地味な服装だと普通に外出する事ができた。

お供え用の花を一対バケツに挿して来てみると、自分の供えた花が一方に押しやられ、もう一方に食卓に飾るような花が乱暴に挿し込まれていた。空になったカップ酒まで置いてある。祥子は首をかしげた。

――お友達でも来られたのかしら。

どちらの花も枯れかけていたので持参した花と替え、持ってきたタオルで墓石を拭こうとして、手がとまった。墓石がずれている。

あわてて中を見ると、父の骨壺は無事だった。ほっとして墓石に向き直り、タオルで丁寧に拭いていく。なぜか小さい頃に父の背中を流した記憶を辿りながら。

——そうだ。今日はちょうど……

祥子が穏やかな気持ちで思い出したその事を、ほぼ同時に鳴田が恐怖の中で思い出しているとは、知る由もなかった。

与党の選挙事務所の準備は着々と進んでいた。清酒の樽や一升瓶が届けられ、紅白の幕が張りめぐらされる。段々華やかな雰囲気になってきた。党公認の候補者名を連ねたボードが運び込まれ、壁に固定された。これでぐんと選挙事務所らしくなった。当選者名の上につけられる赤い造花も準備されていた。

特注の大きなダルマが業者の手で運びこまれた。若手議員の目が輝く。

「目に黒々と書き入れたいですよね」

「それは幹事長クラスの役だろ」

「初当選を思い出しますよね」

ボコッ

神棚からお神酒の器が落ちてきて、ダルマに命中した。ダルマの後頭部には大きな穴が開いてしまった。

「だれだ、こんなところに置い……」

「きゃーっ！」

女性議員の悲鳴が廊下にまで響いた。鳴田と佐伯が入ってきた。

「何の騒ぎかね」

「あ、大臣。特注のダルマがへこんじゃって……」

「縁起でもない。別のを注文して……」

「だ、大臣。このダルマ、出血してます」

女性議員は震えながらダルマを指さした。

「え？　……ああ、塗料にお酒がかかって、溶け出しているんだ。君、面白いこと言うね」

「……こんなにですか」

鳴田と佐伯は回り込んで女性議員と同じ位置から見てみた。赤い液体がダルマの破損した部分からどくどくと流れ出ていた。

「中身もなんだか……気持ち悪いんです」

「大げさだねえ。新聞紙だよ。ほら」

鳴田はダルマのどす黒い中身を摑んだ。

ぐじゅう

中身は温かく、ぬるぬるしていた。

思わず引っ込めた手に、新聞紙のかけらが赤い液体にまみれて付いてきた。

「……！」

「あ、本当だ。新聞紙」

「まったく、人騒がせだな」

「大臣は勇気がおありですねえ」

「いや、すごい」

小さく拍手する者までいた。運ばれてきたおしぼりで手を拭いた鳴田は
「じゃ、諸君。あとは頼んだよ」と言い、佐伯を従えて悠然と廊下に出た。

「佐伯、先に行っててくれ。小便だ」

「あ……では」

佐伯の返事を最後まで聞かずに、鳴田はトイレに入ってしまった。すぐに水の音がした。鳴田は中で吐いているようだった。

介抱した方がいいだろうか、と思った時、佐伯の携帯電話が鳴った。自宅からだった。

「お仕事中すみません」妻の声だ。

「正臣が、お友達にケガをさせて……」

佐伯は舌打ちした。

「仕事中かけてくるなと言ったはずだ。……相手は、どんな奴なんだ」

「それが、ゲームセンターで会った男の子らしいんです」

怒鳴りつけたい気持ちを抑え、佐伯は深呼吸した。そして諭すように妻に言った。

「……今夜は遅いが必ず帰る。事情をよく聞いてから鳴田先生に相談してみよう」

佐伯は妻の返事も聞かずに電話を切ってしまった。

彼が気の重い電話に出ていた時、鳴田は気が狂ったように手を洗っていた。蛇口の傍らの容器から緑色の液体を何度も叩き出し、指先が赤みを帯びるまで洗い続ける。だが、生あたたかい感触は消えそうになかった。

蛇口から大量の水を流しながら洗う鳴田の手が止まった。

――そうだ。今日はちょうど……

石井鉄蔵の三十五日。

五週間が経っていた。


佐伯がＤＮＡ鑑定の結果の書類を手に鳴田の部屋に現れた。

「かなり高い確率で、石井鉄蔵と岬はるかが親子であろうという結果が出ました。先生、いかがしましょうか」

「やはり、そうだったか。岬はるかの奴め。衆議院選であの女に下手な真似をさせるわけにはいかない。今のうちにつぶす必要がある。おい、佐伯。あの女と不倫でもしてくれないか」

「ご、ご冗談を。それに私の名前がマスコミに出れば先生にご迷惑がかかります。勘弁して下さい」

「やはり駄目か……あ、そうだ佐伯、君の息子、またやんちゃしたそうだな。彼の部屋に何か面白い物があったら、あの女の荷物に仕込む、というのはどうだろう」

「面白い物と言いますと」

「いろいろ珍しいお友達がいるみたいじゃないか。何かその……薬物のたぐいとか預かっていないかね」

佐伯のこめかみに血管が浮き出た。

「いや、先生。それはまあ、ほめられた息子ではありませんが、そこまでは……」

「気にさわったのなら謝る。ゲームセンターの事もあったんで、もしやと思ったまでだ」

佐伯はとっさに言葉を返すことができなくなった。この前の傷害事件で、また鳴田に泣きついたところだ。自分が情けない。同時に、なぜこのような人物の息子が一流企業で活躍していて、自分の息子が学校も行かずにふらふらしているのか、とも思った。

「……一度、息子に相談してみます……」

やっとの思いで佐伯は言った。

鳴田が満足そうにうなずいたのを見届けると、佐伯は早々に部屋を辞した。


佐伯は三日ぶりに自宅に戻った。

「お帰りなさい。お早いですね」

妻が出迎えた。佐伯はつとめて明るくした。

「ちょっと、時間があいてな。たまには家でゆっくりしようと思って……正臣は？」

「服を買いに行く、と言って出かけました」

——のんきなものだ。もっとも、その方がこちらにとって好都合だが。

「茶でもいれてくれ。着替えてくる」

言い残して二階にあがった。

息子の部屋はあいかわらず雑然としていた。一体どこから捜せばいいのか。何か出てきてくれれば、鳴田へ借りを返すことができるが佐伯は心のどこかで何も出てこないでくれ、とも願っていた。ぼろぼろのジーンズや猥雑な雑誌を大雑把にみているうち、懐かしいものを見つけた。息子が小さい頃買い与えたオルゴールだった。ふたを開けると音楽が流れてくるのが不思議だったらしく、小さな手で何度も開けたり閉じたりしていた。

一体、いつからこうなってしまったのか。潤んだ目でふたの絵をしばらく見ていた。

音を鳴らそうとネジに指を掛けた時、ネジがなくなっているのに気づいた。箱をひっくり返してみると、ネジが差してあるはずの穴から白い物が見えた。

「お茶が入りました」

階下から妻の声がした。

「あ、い……いま行く」

佐伯はオルゴールをポケットに入れ、急いで部屋を出た。のどから心臓が出てきそうな思いをしながら。

急転回

九州での公演を終えた祥子が成田着の飛行機で帰ってきた。到着ロビーは人でごった返していた。「麻薬撲滅キャンペーン」の横断幕が張られ、警備もいつもより厳重だった。警察も大変そうだな、と思った時、大きな犬が通路を遮った。

祥子にとって犬は苦手なもののひとつだった。知らん顔をして横を通りすぎようとした時、

うぉん　うぉん　うぉん

犬が腹に響くような大きな声で吠えてきた。

到着ロビーにいた全員が祥子を見た。

祥子は犬が恐いのと、いきなり吠えられた理由がわからないのとで、その場に立ちつくした。数名の警察官が駆けつけ、祥子は連行されてしまった。たちまち野次馬がアーチでも作るように通路の両側に集まった。

「あれ、歌手の岬はるかじゃないのか」という声が人混みから聞こえた。祥子は混乱しながら辺りを見回した。すると遠くの柱の陰から、こちらを伺っている細い男の姿が見えた。父の後に鳴田の秘書についた男だった。


それほど大きな扱いではないが、岬はるか逮捕の記事は大抵の新聞に掲載された。国内では類を見ないほど純度の高い覚醒剤をスーツケースに隠し持っていたこと、尿検査では成分が検出されなかったので常用せず「運び屋」の役割をしていたのだろうか、といった事、本人は容疑を否認し、所属事務所はコメントを控えている、といった事などが報道されていた。

飯島は険しい顔で新聞を読み終えた。

——何か、ある。

本物の常用者やプロの運び屋が、キャンペーンでいつもより警戒の厳しい空港にカバンに覚醒剤を入れてのこのこ現れるはずがない。おそらく誰かの罠にはめられたのだ。鳴田の抜け目のなさそうな顔が思いだされたが、彼は今、衆院選の遊説で地元を回っているはずだった。

――でもまあ、自分の作った道ですぐ東京に行けるんだ。遊説はアリバイにならない。もう少し調べてみるか。

ただ自分は鳴田に顔を知られているので、あまり派手な行動はできないな、とも思った。

「いや、でかした。たいしたもんだ」

鳴田は上機嫌だったが、佐伯は顔が蒼白のままだった。まさか自分の息子の部屋にあった物が覚醒剤とは思わなかったし、思いたくもなかった。

「私が言った通りだろう。これであの女は立派な犯罪者だ。手も足もだせまい。これで気持ち良く選挙活動ができるよ」

鳴田は鼻歌交じりで部屋を出ていった。呆然と見送る佐伯の携帯電話が鳴った。

「俺だけど」正臣だった。

「正臣！　今、どこなんだ」

「親父さあ。俺のオルゴール知らない？」

「い……いや」

「あれ、先輩から預かってる大事な物が入ってたんだよね。なくしたら即バラされる……どこ？」

「……その、先輩って、誰なん……」

「親父に関係ねえよ。まさかあの演歌歌手に仕込んだんじゃないだろうね」

「……そ……その……まさかだ」

「ああ？」

「お前のオルゴールに入ってた物を、正体もわからないまま、岬はるかのスーツケースに……入れた！」

　プツッ
　正臣は一方的に電話を切った。

「もしもし……正臣、もしもし！」

佐伯は相手のない電話を持ったまま呆然と立っていた。

――なくしたら、バラされる。

自分の息子からそんな言葉を聞かされるとは思いもしなかった。


佐伯の気持ちも知らず、鳴田は悠々と選挙カーから手を振っていた。さすがに地元では有権者の反応が良かった。手を振り返してくれる人もいる。

「法良町のみなさま、鳴田、鳴田勇でございます。ここ、地元法良町に鳴田が帰ってまいりました。頼れる男、鳴田、鳴田勇をどうぞよろしくお願いします」

女性運動員の型通りの「ごあいさつ」も順調に進んでいた、その時。

「皆様、鳴田、鳴田で……あらら」

マイクの音が切れてしまった。

「どうかしたの」

「先生、故障みたいです」

「えー困るよ。何とかならないの」

「メガホンを使いましょうか」

突然、壊れたはずのスピーカーから、男の声が大音量でほとばしり出た。

――えー、皆様、鳴田、鳴田勇のっ元秘書でございました、わたくし、石井、石井鉄蔵でございます。なにとぞ、よろしくお願いいたします。

「な、何を言い出すんだ。やめろ」

「先生、私は何も言ってません」

――先生、ご無沙汰しております。石井です。

いやーその節はどうも。お元気そうで何よりです。私なんかもう、頭の後ろが痛くて痛くて、たまらんのです。ええ、おかげさまで。……先生のおかげで……私の……頭の後ろが……痛いんです！　何とかしてもらえませんか。

鳴田は思わず耳をふさぎ、しばらくの間、後部座席で丸くなって震えていた。

カチッ。ピピッ。

「……先生。先生」

「私は、何も……知らんぞ」

「マイクが直ったようです。続けます?」

「あ……ああ」

——石井は生前、あんな大声はださなかった。

石井の死後六週間に、鳴田は思った。

衆院選まであと一週間になった。

告白

飯島は自分の母親に言った通り、風呂にも満足に入れない位忙しくしていた。鳴田について調べるのは選挙の後にしよう、とも思っていた。

「飯島さん、電話です。二番で」

「俺に?」内線のボタンを押して電話に出た。

「もしもし?」

「……すみません、お忙しい時に。私です。……高岡努です」

毎日いやというほど候補者の名前を聞いていて、とっさにどの高岡さんなのか飯島にはわからなかった。

「高岡……先生ですか?　どちらの選挙区でしたっけ」

「いえ、候補者ではなくて……石井鉄蔵さんの事で、お伝えしないといけない事が……ええ、ちょっと、約束してしまったんで」

飯島は思わず座り直した。

会って半月ほどしか経っていないのに、目の前に座っている高岡は二十歳ほど年をとったように見えた。飯島は小さなカセットテープレコーダーを会議室の机に置いた。

「わざわざ社までお越しいただき、ありがとうございます。あなたのお話を伺う前に、録音の許可をいただけますか」

「は……はい。もちろん」

飯島は内心、舌を巻いた。あんなに頑なだった高岡に、一体何があったのか。ゆっくりと録音のボタンを押す。

「あらためて、お名前をお願いします」

「はい、た、高岡努です」

「高岡さん、あなたが交通事故で石井鉄蔵さんを死亡させてしまった件について、もう一度お話をお聞かせいただけますか」

「は……はい。すべて、お話しします」

ひざに置いた手が震えていた。

飯島は、それでもあまり高岡に不利な証言は得られないと思っていた。せめて石井が自分から自動車に身を投げた経緯や、誰かが石井を道路に突き飛ばしたのを見た、といった話が聞けたら、と願っていた。

「飯島さん、ひとつお願いがあります」

「どういった事でしょうか」

「終わったら、私を警察へ連れていってもらえませんか」

飯島は思わず立ち上がった。

「……今おっしゃった事も、録音されていますよ」

そういってレコーダーを指し示した。

高岡は構わないといった風にゆっくりうなずくと、飯島の目をまっすぐ見て言った。

「私は人に頼まれて、石井鉄蔵さんを車で轢き殺しました」

その瞬間、周囲の景色がすうっと後退したような感覚が飯島を襲った。

「えっ……ええっ？」

高岡は話を続けた。

「実は去年、手術を受けまして、費用を金融業者から借りたんです。それが膨れあがって、とても返せない金額になってしまって途方にくれていると黒いスーツの人が現れて、借金の肩代わりと引き換えに石井さんの殺害を依頼してきたんです。最初は断りましたが、取り立ても厳しくなっていたので何とか楽になりたくて引き受けてしまったんです。返事をした途端に実行場所や殺害方法、警察に捕まった時の供述のせりふまで細かく教えられ、そのまま車で現場に行かされました。あとは、新聞などでご覧になった通りです」

はあああっ、とため息をつき、飯島は椅子の背もたれに身を預けた。

「実行する時、ためらったりはしなかったんですか」

「しました。でも……」

「借金の取り立ての方が、恐かったと」

「それもありますが、万が一失敗した時に今度は私が黒いスーツの人に殺されるんじゃないか、と思うと途中でやめるわけにはいかなかったんです」

「……以前伺った時も、その男が恐くて私に何も話してくれなかったんですね。

一体、何があって私に話す気になったんですか」

「約束したからです」「……誰と？」

「石井鉄蔵さんです」

「だって石井さんは死んで……」

「死んだからなんです！」

　高岡は泣きそうな顔で言った。

「飯島さんが来られて、私が取材拒否をしたちょうどその日の夜に出たんです。石井さんが。

　目をさますと、天井から逆さ吊りになって現れたんです。血と、アブラまみれで」

　聞いていて飯島は気味が悪くなった。

「石井さんと、会話したんですか」

「一方的に『お前のした事を話せ』って……思い出すのも……うわーっ」

　高岡は頭を抱えてしまった。

「でも、誰に話せばいいのか悩んだり、再び体調を崩したりしてなかなか他の人に話せませんでした。ゆうべ石井さんがまた出てきて、『前に訪ねて来た記者にすべてを話すと約束しろ』って、それで……」

幽霊と、約束してしまったらしい。飯島は、高岡になんだか申し訳ないような気がした。石井鉄蔵という男は、とても義理堅い性格だったのだろう。わずかな花と一杯のカップ酒の礼を、彼なりのやり方でしたのだ。

「私の話は、以上です……」

高岡は、すっかり小さくなってしまっている。彼を警察に突き出すのに、飯島は少し抵抗があった。

「飯島さん、今の話を全て週刊誌に書いていただいて結構です。……塀の中では多分読めないでしょうけどね」

飯島は苦い思いでレコーダーのスイッチを切った。ふと、録音だけでいいのかと思って高岡に聞いてみた。

「あの、写真を一枚、いいですか」

「どうぞどうぞ」

座ったままの高岡を、デジタルカメラで撮る。ちゃんと写っているかチェックしていると、以前撮影した何枚かの画像が現れた。横からのぞき込んでいた高岡が悲鳴をあげた。

「飯島さん！　この、この人です」

鳴田の用心棒の、黒いスーツの男だった。

出てきた鳴田をまずカメラに収めたときに一緒に写り込んでいたようだ。

「……俺のみぞおちに、一発食らわせた奴だ。……高岡さん、この男が石井さんの殺害を依頼したんですね。間違いないですね」

「は、はい。この冷たい目は忘れようがありません。……実を言うと、いつかこの人が口封じに来るんじゃないか、ひやひやしてたんです。その為の自首でもあるんです」

高岡の自首に対する罪悪感から解放され、飯島は思わず安堵のため息をもらした。

「飯島さん。この人は、どういう……」

「鳴田建設大臣のボディーガードです。私は鳴田に石井さんの事を聞こうとして、この男に攻撃されました」

料金受取人払郵便

新宿局承認

2523

差出有効期間
2025年3月
31日まで

(切手不要)

郵便はがき

1 6 0-8 7 9 1

1 4 1

東京都新宿区新宿1－10－1

(株)文芸社

愛読者カード係 行

ふりがな お名前		明治 大正 昭和 平成 年生 歳
ふりがな ご住所	□□□-□□□□	性別 男・女
お電話 番 号	(書籍ご注文の際に必要です)	ご職業	
E-mail		

ご購読雑誌(複数可)	ご購読新聞 新聞

最近読んでおもしろかった本や今後、とりあげてほしいテーマをお教えください。

ご自分の研究成果や経験、お考え等を出版してみたいというお気持ちはありますか。

ある　ない　内容・テーマ(　)

現在完成した作品をお持ちですか。

ある　ない　ジャンル・原稿量(　)

書　名				
お買上 書　店	都道 府県	市区 郡	書店名	書店
			ご購入日	年　月　日

本書をどこでお知りになりましたか?
1.書店店頭　2.知人にすすめられて　3.インターネット(サイト名　　　　)
4.DMハガキ　5.広告、記事を見て(新聞、雑誌名　　　　)

上の質問に関連して、ご購入の決め手となったのは?
1.タイトル　2.著者　3.内容　4.カバーデザイン　5.帯
その他ご自由にお書きください。
(　　　　)

本書についてのご意見、ご感想をお聞かせください。
①内容について

②カバー、タイトル、帯について

弊社Webサイトからもご意見、ご感想をお寄せいただけます。

ご協力ありがとうございました。
※お寄せいただいたご意見、ご感想は新聞広告等で匿名にて使わせていただくことがあります。
※お客様の個人情報は、小社からの連絡のみに使用します。社外に提供することは一切ありません。

「……ということは」

飯島は力強くうなずいた。

「鳴田はあなたを利用して石井さんを殺害させ、汚職の疑惑から逃れようとしたんです。奴は今回の衆議院選で首相の座を狙っています。そんな汚い奴に政治を任せると、とんでもない事になります。高岡さん、あなたの自首は、この日本を救うかもしれません」

高岡の目に、光がよみがえってきた。

「……よしっ。飯島さん、行きましょう」

「ええ！」

一歩外に出ると、空が冴え渡っていた。およそ自首をしに行くとは思えない足取りで、二人の男は警察署に向かった。

投票日

衆議院選当日。

昨日までの選挙カーの行き来や街頭演説でのマイクの大音量が消え、投票日の町は静まりかえっていた。どの人も淡々と各自の投票所で自ら選んだ候補者名を用紙に書き入れ、投票箱に収めた。

A県法良町はいつにない厳戒態勢をしいていた。当日の朝まで投票箱が入念にチェックされ、地元の青年団が警備にあたった。多くの人はその理由を知らなかった。

飯島は携帯電話を二つ用意して、東京の町なかで待機していた。何か動きがあれば、いつでもどこへでも駆けつけるつもりだ。

鳴田は、今朝から黒いスーツの男の姿が見えないのでいらいらしていた。男の携帯電話にかけてみても、呼びだし音だけが返ってきた。

——間違っても無断欠勤するような男ではない

気がかりではあったが忙しさもあって、やがて鳴田は黒いスーツの男の事を考えなくなった。

選挙期間中はどの議員秘書も寝不足ぎみだが、佐伯ほど顔色の悪い秘書は見当たらなかった。正臣が先日かけてきた電話を最後に音信を断ってしまったからだ。妻は気も狂わんばかりに付近を捜しまわっていた。

祥子はぼんやりと拘置所での日々を過ごしていた。自分が覚醒剤と何の関わりもないという事を証明するものがない以上、どうする事も出来ないでいた。公職選挙法での逮捕ならまだ納得がいくが、身に覚えのない覚醒剤による逮捕はどうにも悔しくて、ここに入所した当初は泣いて過ごした。日が経つにつれ落ち着きを取り戻したが、自分はこれからどうなるんだろうという漠然とした不安は消えそうになかった。一番の心残りは、次の衆議院選で父の為に町長選の時よりも大きな騒ぎを起こす事ができなくなった事だった。

——お父さん、ごめん。私は何もしてあげられなかった。

心の中で謝るしかなかった。

衆議院選の日の午後、拘置所があわただしくなった。何人かの容疑者が入所してきていた。同時に、祥子の独居房の扉が開けられた。

「石井祥子さん、あなたの覚醒剤所持の容疑が晴れ、無実が証明されました。出所の手続きをしますので、荷物をまとめて下さい」

女性職員が迎えに来た。訳がわからないまま祥子は荷物をまとめ、独居房を出た。

「どうやって私の無実が証明されたんですか？」

「犯人が自首してきたんです。佐伯正臣、二十歳。心当たりはありませんか？」

祥子は首を横に振った。

「でしょうね。取り引きしようとした空港が厳戒態勢になっていて麻薬犬まで出ていたので、とっさにあなたのスーツケースに覚醒剤を入れたんだ、と供述しています。取り引きの材料が警察に押収されたのを怒った麻薬組織に追われたので、保護を求めて自首したようです」

職員も祥子も、正臣が自分の父をかばっているとは知らない。彼なりの親孝行だった。

いくつかの手続きを経て、祥子は自由の身になる事ができた。久しぶりに外に出た。空はもう暗く、少し寒かった。風がこんなに気持ちいいものとは、今まで思ったことがなかった。できれば昼間に出て、太陽を思いきり浴びたかったな、とも思った。

祥子は荷物を持ったまま、父の墓に行こうと考えた。今日は父の四十九日だった。近くのスーパーで簡単な花束と線香、ろうそくを揃えて、墓地へ向かった。

どのテレビ局も何かのショーのように豪華なセットを組んで、衆議院選の開票を報道しようとしていた。八時の開票開始を前に、出口調査の結果や専門家の予想などが放映されている。今回は大方の予想通り、与党の圧勝が確実視されていた。現総理は引退を表明し、次の総理は誰か、というのが大きな話題となっていた。何人かの候補の中で、鳴田が首相になる、という説が有力視されていた。

鳴田は、永年の夢が実現する瞬間をいまかいまかと待っていた。

大勢の人が固唾を飲んで見守る中、時計の針が八時を指した。どの局も一斉に映像を各自治体の開票場所に転じた。レポーターが興奮ぎみに実況する。

「投票時間が終了しました。これから各開票所で開票作業に入ります。いよいよ国民の審判が下ります。笑うのは与党でしょうか、それとも野党でしょうか。運命の瞬間です。開票結果は各地ともわかり次第順次お知らせします。それではいったんＣＭです」

大仰な音楽とともに「衆議院開票速報！」のテロップが流れ、ＣＭが流れ出した。どの選挙事務所も、深呼吸しているところだ。

五分ほど経って、何人もがテレビに注目したが、ＣＭの途切れる気配はなかった。どの局も、スタジオや開票所に画面が切り替わることなく延々とＣＭを流し続けた。

「……いったい、何をやっとるんだ」

鳴田はじりじりしながら、画面をにらんでいた。傍らには改めて作られたダルマがあった。咳払いをして、横にあった夕刊を広げた。社会面の下部分に明日発売の週刊誌の広告が載っている。どこも、同じ内容だった。

三面記事を開けると、紙面の隅に小さく週刊スピードの広告が載っていた。

鳴田は飯島の顔を思い返した。調べさせたが何の特徴もない普通の記者だった。郷里で誰かに町長選での話を聞いたに違いない。

——横谷は、職員に口止めしたんだろうな。

と思った時だった。

「先生、横谷さんからお電話です」

佐伯が子機を持ってきた。鳴田は嫌な予感を拭いきれないまま電話に出た。

「どうしたね横谷くん」

電話の向こうでは横谷が泣きじゃくっていた。

「もっ……申し訳ありません。あれほど警戒したのに、また……投票用紙の候補者名が……すべて、石井鉄蔵になっているんです。先生、町長選の時みたいにもう一度町民みんなに電話で誰に投票したのか聞いた方がいいでしょうか」

鳴田は子機を落としそうになったが、何とかもう一方の手で支えた。

「いや二回目はまずい。指示があるまで、君たち待っていなさい。いいね」

鳴田は、はらわたが煮えくりかえるような思いで電話を切り、夕刊を摑んだ。

週刊スピードの広告を最後まで読むと、
独占告白！　私はローン地獄から逃れる為に汚職大臣の秘書を轢き殺しました
新聞を持つ鳴田の手が、わなわなと震えた。

飯島だ。あいつが岬はるかと組んで、すべて仕組んだんだ。

いらいらと事務所を歩き回る鳴田に、佐伯が耳打ちした。

「先生。あの……警察の方が通用口にお見えになってるんですけど」

鳴田の顔色が変わった。

「冗談は困るよ。帰ってもらいなさい」

「せ、先生。どちらに？」

「あの週刊誌の記者を取っ捕まえる」

「えっ、しゅ、週刊誌？」

　佐伯が聞き返すひまも与えず、鳴田は正面入り口から出て行った。

　抗議の電話が殺到する中、どのテレビ局も戦場のようになっていた。

「もう限界です。事実を公表します」

「いや、公表すれば日本中がパニックに陥る。もうちょっと待ってから……」

「もうちょっともうちょっとって、一時間もＣＭを流しっぱなしなんですよ。充分パニックを引き起こしてますよ。他局と連絡して、一斉に報道しましょう。現実に起きている事を伝えるのが我々の仕事ですよね」

　局長はしばらく考えた後、電話を取った。

「他に道がない。他局に連絡しよう」

　報道部に緊張が走った。

　テレビ画面に、報道フロアが映しだされた。部長級のアナウンサーが、ゆっくりと話しだした。

「衆議院選開票速報の番組中ですが、ここでニュースをお伝えします。任期満了に伴う衆議院選挙の投票時間中に、投票用紙がすべて今回の選挙に関係のない氏名が記入されるという事件が発生しました。この事態は東京だけでなく、すべての都道府県で発生している模様です」

テレビ画面が一時間ぶりに開票所の場面に切り替わった。レポーターが重々しく投票用紙をカメラに示した。

「ご覧下さい。小選挙区、比例代表とも、今回の立候補者や政党と無関係の人物の名が記されています。石井鉄蔵、石井鉄蔵……これもこれも、あっ、これもすべて、石井鉄蔵の文字が書かれています。全国の各投票所では開票作業を一旦ストップして原因の究明を急いでいます。以上、現場からお伝えしました」

駅ビルの大画面テレビのニュースを眺めていた飯島は、飲んでいた缶コーヒーを吹き出しそうになった。口を拭いながら、携帯電話で週刊スピードの編集部に連絡する。

「飯島。テレビを見たか。えらい事になってるぞ。石井鉄蔵って、お前の記事の、被害者じゃないのか。いますぐ帰ってこい」

編集長の声がかすれている。今まで、よほど怒鳴っていたらしい。

「俺……石井さんの墓に、行ってきます」

返事も聞かずに電話を切り、飯島は走り出した。

「えっ……おい、飯島?」

首を振りながら編集長は受話器を置いた。その電話が再び鳴った。

「お忙しいとこ、ほんっと、すみませぇん。飯島直樹の家族です。息子がいつもお世話になってます。あの、息子をお願いします」

「飯島ですかあ?　なんかねー石井さんの墓に行くっつって今出てますよ。わかりました、お父さん?　はい、はーい」

ガチャンと電話を切った編集長を、皆が注目した。編集部が静まり返っている。

「全く、親子そろって、のんきなもんだ……」

ぶつぶつ言う編集長に、一人が言った。

「飯島のお父さん、去年亡くなってますよ。誰かのワナなんじゃ……」

「俺、去年葬式に出ました」

「編集長香典渡してたじゃないですか」

「編集長、飯島の行き先教えましたよね。あの記事の関係者だったらどうするんですか」

「黒いスーツ！」一同がざわめいた。

「お前ら、俺が悪いというのか」

皆は黙ったまま、まっすぐ編集長を見た。

「ええい、わかった。今手の空いている奴は飯島を助けに行け。カメラを忘れるな」

聞くと同時に、その場にいた全員がドアからなだれ出た。編集長だけが、一人残された。

「……まったく、どいつもこいつも」

彼はため息をつきながら編集長席に戻った。

墓前にて

　手拭いで墓石を丁寧に拭き終えた祥子は、スーパーの袋から花束を取りだし、花立に指した。線香とろうそくを出しながら、カップ酒も買った方がよかったかな、と思った。

　ろうそくに火を点けようとした時、遠くから男が走ってくるのが見えた。

「けはっ……はあっ……あ、あなたは、石井さんの……」

「娘ですけど、あの、どちら様ですか？」

「俺、いや私、週刊スピードの、飯島と申します。娘さん、今までお墓参りしてたんですか？」

「ええ」

「お父さんのお墓に、何か変わった事は……ありませんでしたか？」

「特に何も。……あの、父の事で、何かあったんですか？」

「今日の衆議院選が、大変な事になっているんです。投票用紙の名前が全部、石井さんの名前になっているんです」

祥子は思わず、ああ、それ、私がやったんですと言いそうになった。が、飯島は祥子の思いもよらない事を告げた。

「それも、四十七都道府県、すべての開票所で同じ事態が起こっているんです」

祥子は驚いて、父の墓を見た。

飯島は携帯電話を取りだし、テレビを受信した。ちょうど開票所の模様が映し出されていた。祥子は震える手で電話を受け取った。

小さな画面いっぱいに、父の名の書かれた投票用紙が映しだされていた。

——私の字だ！

祥子の頭は混乱した。全国の投票用紙がこれに替わっているというのか。テレビは次に、街頭インタビューの場面を映した。中年の男がうめくように言った。

「に……日本はいったい、どうなるんだ……」

祥子が口を手で覆うようにしながらテレビに見入ってる傍らで、飯島は墓に向きなおった。

「石井さん」飯島は呼びかけた。

「こないだの事には本当に感謝しています。高岡さんも胸を張って自首されました。俺も、久しぶりにいい記事を書く事ができました。ありがとうございます。

でも今日は礼を言いにだけ来たんじゃないんです。あなたと、取り引きをしに来ました。話を聞いて頂けませんか」

祥子は訳がわからないまま、飯島を見た。

「石井さん、高岡さんから、石井さんの死の真相をすべて伺いました。さぞ無念だったでしょう。今日の衆議院選だって、あなたを人に殺させて自分の悪事をごまかした鳴田が総理大臣になるのも、腹に据えかねる事態だって、理解できるんです。でもね石井さん。あなたのやった事は、この日本をパニックに陥れる結果を招きます。今、ものすごい勢いで日本円と日本企業の株が売られているのをご存じですか。このままでは日本は破綻します。俺は、友達やお袋が今まで通り穏やかに暮らせなくなるのが、どうしてもたえられないんです。お願いします。投票用紙の念写を解いて、もとに戻して下さい。高岡さんの自首をきっかけに警察が動いています。鳴田ももうすぐ逮捕されるでしょう。俺、何でもします。言って下されば、欲しい物は何でも差し上げます。だから票を、元に戻して下さい。何なら……俺の、命でもいいです」

「承知した」

どこからともなく声がして、轟音とともに石井鉄蔵の墓石がゆっくりと動き出した。

飯島は背中に、刃物が突きつけられる感触を覚えた。彼は思わず目をつぶった。

「私がどんな思いで総理になろうとしていたのか知るまい。やっと実現するところだったのに、貴様なんぞに邪魔されるとは……望み通り、殺してやる」

鳴田がナイフを突きつけたまま言った。

祥子の形相が変わった。

祥子が鳴田につかみかかろうとしたのを、

透明な、ぶよぶよした手が制した。

祥子は驚いて後ずさりした。開いた石室から白っぽい無数の手が、まるでイソギンチャクのように伸びていた。無数の手は何やら楽しそうに波打ちながら飯島と鳴田に向かって伸びていった。

「なっ……なんだ、これは」

二人は同時に悲鳴をあげた。

無数の手は、それぞれ口を持っていた。ソプラノの声で口々に話しかける。

ナルタァァ……ナルタァァ

センセイ　オマチシテオリマシタ

ドウゾコチラヘ

「くっ、来るな、ばけもの」

鳴田がナイフを握っていない方の手で無数の手を振り払おうとした。

「化物は先生の方です」

「お父さん！」

石井鉄蔵が立っていた。

「ご無沙汰しております」

「い……石井、どういう事だ」

「これらの手は、鳴田先生、あなたの権力欲の犠牲になり、成仏できなかった者たちの無念が私の墓に集結し、形になったものであります」

「……なにっ」

「最初は私も、無念さの余り娘の所に出て無理を言ったりしたのですが、その、七日ごとに力の様なものが出てきて自由に動けるようになりました。今日の四十九日であの世に行ってしまう前に、私と、そして彼らの無念を晴らそうと思ったんです」

——確かにお父さんは初七日より元気そう
ふと祥子は思った。

「わ、悪かった。石井。みんな。……しかし、よく考えてくれ。直接手を下したのは別の男だ。やるなら、そいつを先に……」

「いただきました」

無数の手が、黒い上着とズボンをぺらぺらと振って見せた。

鳴田は絶叫した。

「私を轢いた高岡は、警察に自首しました。もともと悪い人間ではありません。後の人生をまじめにすごすでしょう」

言って石井は飯島に目配せした。

飯島は力強くうなずき返した。

「そろそろ時間です。では」

白い無数の手がやんわりと飯島の体を鳴田から引き離した。

途端にすべての手がくるっと向きを変えて、鳴田に向いた。再び、ソプラノの声が呼びかける。

ナルタァ

センセイ　コチラへ
サア　ドウゾ
センセイ
ナルタセンセイ
……イタダキマス

「……！」


無数の手が一斉に、鳴田に巻きついた。

祥子は、相手が父のかたきだという事も忘れ、とっさに助けようとした。だが白い手がやんわりと、しかし力強く祥子を押し戻した。ずるずると鳴田の体が、石井の墓の中に引き摺り込まれていく。

飯島はその様子を唖然として見ていたが、はっと我にかえり、バッグからデジタルカメラを取り出して撮影を始めた。記者魂、というよりも肉眼でこの光景を見たくない、という気持ちからだった。

鳴田はわめきながら必死で抵抗していたが、その体は完全に石井の墓に入ってしまった。

　どすん

　墓石がふたをするように元の位置に戻った。中から、鳴田のわめき声や悲鳴が聞こえる。祥子は思わず耳をふさいだ。飯島はカメラを持ったまま、その場にへたりこんだ。ひざに全く力が入らない。

　自分の墓を見ていた石井が振り返った。

「これで彼らの無念も晴れる。飯島くん、本当にありがとう。おかげで我々も怨念から解放されて、めでたく成仏できるよ」

　飯島は腰を抜かしたまま、力なく頭を下げた。

「祥子」

　石井は、幼児のように泣きじゃくっている娘に声をかけた。

「私が無理を言ったせいで、辛い思いをさせてしまった。本当にすまない」

　祥子は泣きながら、何度も首を横に振った。

「お父さん……行ってしまうの」

「盆には帰る。その時に、日本酒を用意しといてくれ」

「うん、わかった。……用意する」

祥子は墓石を拭いた手拭いに顔をうずめてしまった。

「新曲、売れるといいな」

石井は言い残すと夜空を見上げ、すごい速度で光りながら飛び立っていった。

「お父さん！」

祥子の声がこだました。

やがて遠くから、サイレンの音が近づいてきた。

「あ、いた！」

「飯島！」

「大丈夫か、飯島」

編集部のみんなが駆け寄ってきた。

「みんな……」

「編集部に、お前のお父さんをかたった電話があって、お前の行き先を尋ねたんだ。編集長答えちゃったんだよ。お前、爆弾記事書いたばかりだし、危ない目にあってんじゃないかって、心配したんだ」

「鳴田が殺人教唆で指名手配されてて今どこかに逃げてるんだ。俺、警察に通報したぞ」

　その言葉通り警察官が三人駆けつけてきた。

「通報したのは、あなたがたですか？」

　同僚が、いきさつを説明した。

「それで、鳴田には会ったんですか？」

　飯島と祥子は顔を見合わせた。

「……どう言えばいいのか……」

「会ったんですか、会わなかったんですか。はっきり言って下さい」

　飯島は観念したように、デジタルカメラのメモリを再生した。

　石井の墓の中から無数の手が出てきて、鳴田の体を引き摺りこんでいる。編集部の一同も警察官も、画像を見て黙ってしまった。

「……鳴田は、今どこに……」

「多分、墓の中です」

警察官三人で墓石を動かした。と同時に、辺りがぱっと明るくなった。石室から幾本もの光の矢が現れ、空へ飛び立った。誰もが驚きの表情で、それを見送った。

石室には石井の骨壺と、鳴田が着ていたとみられる仕立てのいい上着とズボンが残された。

警察官の一人が、硬い表情で尋ねた。

「……その写真、掲載しませんよね」

「とんでもない」飯島が答えた。

「……鳴田容疑者は依然不明と、報告！」

警察官の言葉に、全員がほっとした。

祭の後で

　佐伯は主のいない事務所で、所在なく立っていた。鳴田が前任の秘書、石井鉄蔵に対する殺人教唆で指名手配され、本人の行方も知れない。にぎわっていた選挙事務所は一人、また一人と去っていき、佐伯ただ一人が残っていた。外には報道陣がつめかけている。ため息をついた佐伯の前に二人の警察官が立ちふさがった。

「あ、ごくろうさまです。すみません、鳴田はまだ戻ってないんです。連絡も……」

「いえ、我々は、あなたをお連れする為に参りました。あなたを、覚醒剤取締法違反の容疑で逮捕します」

　佐伯の手に、手錠がかけられた。驚いて辺りを見回す佐伯を両脇に抱え、警察官二人は表に出た。

「佐伯秘書が逮捕されました！」レポーターの声が響いた。

「容疑は、……はあ？　か、覚醒剤所持？」

報道陣を押し退け、やっとの思いで三人はパトカーに乗りこんだ。クラクションを鳴らしながら強引に車をすすめる。

パトカーが大通りに出たところで、警察官の一人が口を開いた。

「実は、ご子息が出頭されまして、麻薬組織に追われているので保護して欲しいとの事で今朝逮捕したんですよ」

「では、正臣は無事なんですね」

佐伯は安堵のあまり身体の力が抜けてしまった。警察官は彼をいたわるように見た。

「強情な息子さんですよー。本名も二時間言いませんでした。空港で岬はるかさんの荷物に覚醒剤を入れたのも、すべて自分がやった、親父は関係ないって頑張ったんですよ。犯行時間に、現場から遠くにあるコンビニで店員とトラブルを起こしていて、そこの防犯テープに息子さんが映っていたんです。空港の防犯テープには、あなたが映っていました」

　佐伯はうなだれた。

「……申し訳ありません。私が空港で岬はるかさんの荷物に覚醒剤を入れました。親子そろってお恥ずかしい限りです」

「いや、なんだか、うらやましいです」

　佐伯は驚いて顔をあげた。

「近頃の容疑者は、自分の犯した罪を平気で友人や家族のせいにしようとするんですよ。あれだけ派手に自分の父親をかばった息子を見たのは久しぶりですよ。衆議院選の時期にお父さんと鳴田大臣に迷惑をかけられないと思ったんでしょう。なんだかんだ言っても、さすが議員秘書の息子さんですよ。うちの息子だったら、とても……」

　佐伯は再び顔を伏せた。細い肩が震えている。警察官は彼を見ないように、窓に目をやった。夜景が美しかった。

　騒がしい声が深夜の街に響いていた。

週刊スピード編集部の一同が、凱旋パレードのように意気揚々と戻ってきていた。娘さんもご一緒に、と言われ、断りきれずに祥子までついてきてしまった。

ビルの入り口で編集長が仁王立ちになって、みんなを出迎えた。

「生きていたか飯島。お前ら、今日は徹夜だ、衆議院選の投票用紙が元通りになったそうだ。これで開票作業が出来る」

みんなの歓声が弾けた。飯島は心底ほっとした。

「編集長、飯島さん凄い写真撮ってます。とても掲載できないくらいです」

「……意味がわからんな」

「いいのいいの。とにかく、中に入りましょう。特別ゲストがお見えなんですよ。……ジャーン！　石井鉄蔵さんの、娘さんです」

祥子は一同の後ろで目立たなくしていたが、前に押し出されて、軽く会釈した。

編集長は祥子を見るなり、あっと叫ぶと気をつけの姿勢になり、信じられない、といった表情で言った。

「みっ……岬、はるかさん！」

彼は岬はるかの大ファンだった。

飯島はじめ編集部のみんなは驚いて、一斉に祥子を見た。彼女は悪戯っぽく笑うと「そうともいいます」と言った。

〈了〉

著者プロフィール

伊藤 忠夫S（いとう ただお えす）

1939年生まれ　京都府綴喜郡宇治田原町出身
西京高校（定時制）に通いながら様々な仕事を経験し、大阪市消防局に就職。元東成区消防署長。
本書は自身の本を出版したがっていた父親に代わり、娘が執筆した（上記は父親のプロフィール）。

無効票

2025年１月15日　初版第１刷発行

著　者　伊藤 忠夫S
発行者　瓜谷 綱延
発行所　株式会社文芸社
〒160-0022　東京都新宿区新宿1－10－1
電話　03-5369-3060（代表）
03-5369-2299（販売）

印　刷　株式会社文芸社
製本所　株式会社MOTOMURA

ISBN978-4-286-25827-0